毒薬＊目次

永遠の毒薬——霞へ

劉暁波の「遺稿」[*1]

ぼくの賞賛は許しがたい毒薬かもしれない。

うす暗いスタンドライト。君が初めてくれたあの古くて壊れかかったパソコンはペンティアム586だったろうか。

あの粗末な部屋は、いつもぼくたちの愛しあう眼差しで満ちあふれていた。

ぼくが霞（蝦米[*2]）のわがままぶりを描いたあの短い詩を、君はきっと読んだにちがいない。

ぼくに、おかゆをつくってあげるから、三六〇秒以内に世界が崩壊するほど君を誉め讃える詩をつくれ、なんてリクエストしたりするんだから。[*3]

うす暗いスタンドライト。粗末な部屋。表面が剝がれたお茶のテーブル。君の横暴な難題。

これらが融合して、まるで石ころとお星様が初めて出逢った時のようなびっくり仰天さ。それは縫い目のない天女の衣くらい完璧な邂逅だった。

あれから、賛美がぼくの人生の宿命となった。まるで、茫々たる大雪原の中で本能的に冬眠を享受する北極熊のように。

鳥が一羽また一羽、ぼくの視線の先を通り過ぎてゆく。人の審美眼をしっかり備え、生涯、その生命の流れのままに通り過ぎていく。

霞の詩は氷と黒との交錯から生まれる。彼女の写真が詩の黒と白を撮りおろしたように。狂気と苦難に立ち向かう冷静さ。無惨な少女たちが胸もあらわに煙草の煙を吐きちらす。黒いベールの木偶人形はイエスの復活を目撃した寡婦か、それともシェイクスピアの『マクベス』に出てくる魔女か。いや、いや、みな違う。あれは霞の描いた荒野に立ち尽くす孤絶の枝。ほの暗い地平線で土ぼこりにまみれて咲く一輪の白百合。――亡霊に捧ぐ。

霞の絵画は、初めの一作しか完成できず、その時から永久に未完成の悲愴な運命となった。最も無念なのは、今に至るまで、君のために「詩・絵画・写真――黒と白の絡みあい」という三つのジャンルをそろえた個展を一度も開いてあげられなかったことだ。

氷のような激しい愛、まっ黒で一途な愛。あるいは、ぼくの凡庸で安っぽい賛美、これこそ君の詩心への、画風への、写真への、芸術すべてへの冒涜だ。G君*4、許してくれ。

Gへ：数日も引き延ばしたけど、何とか気力を振りしぼり、君からの宿題を終わらせることができた。

二〇一七年七月五日

＊1：二〇一七年七月十四日、香港のインターネット・メディア「端伝媒（イニシウム・メディア）」は劉暁波が親友に託した手書きの「遺稿（とされた文章）」の全文を公開した。それは出版予定の劉霞の写真集『劉暁波とともに（Accompanying Liu Xiabo）』の序文として、当局の厳重な監視下にあったとされる入院先の病院で書かれたものと思われた。末期がんによる衰弱のためか、筆跡には乱れも見られる。末尾に記された「二〇一七年七月五日」から八日後の十三日、劉暁波はこの世を去った。原文は夫妻の友人から提供された。

＊2：「霞妹（霞ちゃん）」と「蝦米」の発音は「シァミィ」で類似。詩本文では霞とした。

＊3：「五分間の賛美―霞へ」田島安江、馬麗訳、詩集『牢屋の鼠』（書肆侃侃房、二〇一四年）参照。

＊4：Gは写真集の序文を依頼した劉夫妻の親友。

海の物語（一九八二～一九九七）

霞の作品（醜い人形）

海の物語

一

女は砂浜に腰を下ろし
大きな腹を突き出して
漁網を繕っている
しばらくして手を止め
果てしなく広い海を眺めているが
漁網に視線をとらえられ
たちまち細切れにされてしまう
彼女は漁夫の妻で

この小さな島を離れたことがない
箱の底にしまわれた赤いブランド服
着たのはたった一度だけ
都会を
ネオンサインを夢みたのは
遠い昔のこと
誰にも言ったことはない
ただ夫が海に出ていった間に
生まれるはずの子ども
たぶんその息子に
ひそやかに語りかけていたいだけ
わたしは漁夫の妻

二

夕暮れ、今日も少年は祖父を引っぱって
海に向かう
道の途中には大小いくつかの墓
埋められているのは服や布団や椀
祖父の仲間たちが使っていたものだ
彼らは海に出たきり
帰らない
墓を掘るたびに
祖父は涙を流す
今はもう海に出られない祖父

少年は雑草が茂った墓の上を
飛んだり跳ねたりしながら歩く
草は波のように足を打つ
少年と祖父は毎日海に向かう
祖父は砂浜に坐り
よくわかっているくせに、何も教えてくれない海を眺める
日が暮れるころ
二人は潮騒の海をあとに
ゆっくりと家に帰っていく

三

一面青い苔におおわれた小さな破船が

砂浜に打ち捨てられている
尻丸出しで遊んでいる少年が
突然腕を振りあげ
叫び声をあげながら岩礁に坐る祖父のもとに駆け寄る
祖父のこきざみに震える手には
花柄が彫られた歯の欠けた木櫛

この櫛は、あの日の
小麦色にかがやく娘への贈りもの
この壊れた小船は
昔二人が逢瀬を重ねた場所
ランプに若い面影が照らし出される

祖母はもういない
オンドルの前にあの長い黒髪は見えない
祖父は思いを振りきり
何も言わず櫛を海に投げ入れる
櫛は波に揺られながら漂い去っていく　遠くへ　遠くへと

一九八二年九月

飢えた子

あなたは食べ物のない飢えた子
汚い半ズボンで町中を探検してまわる

ある寓話では
あなたの心はゴールドで、ひとみはブラックダイヤモンド
あなたの声は実のならない木
絶望的な花を咲かせる

長い巻き煙草とふっくらパン
それにぶ厚い本に秘められた虚言が
ショーウィンドウからあなたに微笑みかける

あなたは左目を開いて右目を閉じ
手のひらを空に向ける
一枚の銀貨が落ちてくるようにと

あなたを誘惑しようと街頭を縦横無尽に突き進む音
陽の光が驚いた蟻のように
あなたの指の間からこっそりと逃げていく

一九八六年七月

風景

一

この山は私のだとあなたは言う
そしてあなたはのんびりと行ったり来たりしている
山の上ではタルチョ[*1]がはためき
単調な響きを繰り返している
あなたの手になでてもらうと
風は静かに吹きやむ
山はそのままの姿で安らかに私たちを見守っている
夜の薄曇りの空の下で

二

山火事のあと
高山にもう木々はない
男は地面に坐りこみ
頭を深々と垂れている
ひと声も漏らさず
日の光はいつものようにまぶしく
黒犬はのんきだ
女の子が青空を歩きながら
ひとひらの白雲をまき散らす
どっしり重い山はおだやかにすっぽり包みこまれて

風はじっととどまっている

三

あなたがどこから来たのか知らないけれど
この湖水のほとりで
少しからだを休め
夢を見てから旅立ってほしい
道のりはまだ遠い
夢はずっと長くつづき
千年たっても
草が緑と黄を繰り返しても
あなたはずっと眠ったまま

夢みるあなたにヒゲが生えてきて
湖水のふところ深くで
あなたは一人前の男になる
草原のあちこちで生命《いのち》が芽生えはじめる

ふる里の一族の系譜では
あなたの名前はとっくに忘れ去られている
もう誰も思い出せないほどに

このまま青い空と白い雲を仰ぎながら
あなたはきっと眠りこんだままだ

四

紺碧に沈む幻の湖水のほとりにたたずむ
私の目は涙でうるんでいる
あなたは黙って煙草に火をつけてくれる
私たちはただひたすら眺めている
水鳥が自由気ままに飛びまわるのを

ふとあなたは老人のように黙りこむ
かつてあった一瞬のように
あなたは雪のように白い羊の骨を高く持ちあげ
私に明るくほほえみかける
あなたはやはりまだ子供

高原で生まれた男だから
あなたもお酒が大好き
お酒を呑めば、愉快になる
私は止めたりしない
呑むほどに口はなめらかになり、とんでもないことを口ばしる
こてんぱんにやられて顔じゅうアザだらけ
もう呑まないと誓うのだが

ずーっと
私たちは何も話さず
ただ煙草に火をつけて
淡い寂しさに

埋もれていく

五

あのチベット少年とあなたは
今日も街角の甜茶館[*2]で何も言わずに坐っている
少年は二本の煙草に火をつけて
一本をあなたに差し出す
黙ったままで

まっ赤な四角いテーブルを囲み
四人のカムパ[*3]が花札に興じている
二人の小さな男の子が地面にしゃがみこみ

やさしいしぐさで子猫をなでている
裏の小屋ではチベット女性が歌を口ずさみ
歌声は空のかなたへと広がっていく

あなたたちが三杯目のお茶を飲みほしたとき
外では雹が降りはじめる
少年はまた二本の煙草に火をつける
あなたは呆けたように
雹がはじける飛沫に
気をとられたまま
二本の煙草の火が
少年の指の間で消え果ててしまうと
二人はまた黙りこむ

ぬかるんだ街頭に出て
彼は肩をすくめる
「バター茶は、甘いだろう」

六

夕やみが垂れ込め、あなたは湖畔で右繞《ウニョウ》*4を始める
第一歩を踏み出したとたん
足もとの草地は柔らかく
もう引き返せないのだと思う
あなたはもはや何ものにも支配されない
属するのは、この湖水

寂寞たる天空
ひとり飛翔する小鳥

二頭の赤い馬が
あなたの前にすっくと立つ
その澄んだまなざしに心を動かされたあなたは
旅を続ける
この湖面のように静謐で
周囲の山々のように森閑として
明かりのない夜のように神秘的な旅
何も考えないまま

七

チベットのアマラ[*5]が
百歳の山羊を引いてきて
静かに地面に坐る

ジョカン寺[*6]の前に
天高く掲げられた二旒《リュウ》のタルチョは
はためかなくなる
巨大なサン[*7]から燻蒸の煙が立ちのぼる
一心不乱に
五体投地[*8]で巡礼する人々は
ぶつぶつと読経を繰り返す

夜の闇としっくり溶けあう
祈禱の声に包まれ
犬はぐっすりと眠りに就く

異国の金髪少年が
臙脂《えんじ》色の壁にもたれて
分厚いノートに
一所懸命感想を書いている
ブルーのひとみに困惑を深めながら

あなたは広場のまん中に坐っている
茫然として
心の中に空が広がる

ただ坐って
手中のマニ車[*9]を
ただ回し続けるだけ
無欲の境地で

一九八七年五月〜十二月

＊1：五色の祈禱旗。五色は青・白・赤・緑・黄の順で、それぞれ天・風・火・水・地を指す。仏法が風に乗って広がるようにとの祈願が込められている。経文が書かれている場合は旗が風になびくごとに読経したことになる。風の馬が描かれている場合は「ルンタ（風馬旗）」と呼ばれる。

＊2：甜茶館はチベット人にとって世間話から商談まで重要な社交の場で、代表的な飲み物はバター茶。二〇〇八年三月十四日のチベット蜂起事件以降、どの茶館にも監視の「アムチョク（耳）」と「ミク（目）」が潜むようになったという（ツェリン・オーセル、王力雄、劉燕子『チベットの秘密』集広舎、二〇一二年、一三五〜一三六頁）。

＊3：東チベットのカムの男たちの呼称。一本気で気が荒く血気盛んという気風で、カムは一九五〇年代半ばからしばしば中国当局への蜂起の発火点となり、近年では焼身抗議が続いている。

＊4：聖なる対象を中心に右回り（時計回り）に歩く礼拝。

＊5：チベット語で「お母さん」。

＊6：七世紀中期に創建。ラサ旧市街の中心に位置し、中国名は大昭寺。

＊7：香炉で、チベット仏教の仏具の一つ。

＊8：チベット語でキャンチャという礼拝。両方の手のひらを合わせて、頭、口、胸に順次当て、手を離して地面にうつぶせになり、手を前方に伸ばす。これを巡礼地まで繰り返しながら前進する。

＊9：マニコル、転経筒ともいう。チベット仏教では右回り（時計回り）に回転させると、その数だけ経を唱えるのと同じ功徳があるとされる。

叫び

あなたは何を見て、何を聞いたの
天空を焼くほどの叫びをあげるまで

どんなに両手で耳をふさいでも
ビルが突然倒壊するように
暗黒を通り抜けた幻の世界は粉々に砕け散る
恐怖の音は
あなたの細胞の隅々にまで

滲み通っていく

あなたの表情から見えるのは
壊滅の痕跡
あなたを読み解こうとしたら
窓の外は真夏
ブルーの雨傘の下
少女は雨の中で踊り
どの鳥も飛ばない

でも私には聞こえる
赤い空の下で
なすすべなく近づいてくる死の足音が

一九八九年六月二日―暁波へ―

これはよい天気ではない
繁茂する太陽の真下で
私は独り言をつぶやく

あなたの背後に立ち
あなたの頭を軽くたたく
髪の毛が私の手のひらを突き刺す
経験したことのない感覚

あなたとは一言も語ったことがない
あなたは時の人になった
大衆とともに仰ぎ見て
私は疲れきる
人群れの外に身を隠すほかない
煙草をふかし
空を眺める

もしかしたら神話が誕生するかしら
まぶしい光で目がくらみ
何も見えない

一九八九年六月

風―暁波へ―

運命として定められたのは、風だろうか
風に翻る
雲で遊ぶ

私はあなたとともに歩く夢を見た
どんな家なの
あなたが入れられているのは
壁はあなたの息を詰まらせるにちがいない

あなたは風、ただ風
風は私に教えてくれない
いつ来て、いつ去っていくかを

風が来ると、私は目を開けていられない
風が去ると、あたり一面灰燼《ほこり》になっているから

一九九二年十二月

冬眠

終日あちこち駆け回る人は
この世界の主人公
ゲームとゲームの間
プロットとプロットの間に
巨大な幕を開けはなつ
思うままにやれたとしても
本心とは裏腹かもしれない
舞台でさまざまな演技をこなし

セリフは立て板に水の如く流暢で

私はただ見物するだけ
筋立てから外れた片隅の
暗い幕の中にいて
不器用な手つきで
一枚のシーツを繕っている
私の舞台と残された生命の
すべてをまとめて
シーツで覆い隠す
誰も聞こえない
独りの魂が
一つひとつの縫い目ですすり泣く

一九九三年十二月

一つの言葉

ある朝
一つの言葉が
一幕の陰謀のように
他人の夢に身を隠したまま私をのぞきにくる
目を開けようとした私を
とても優雅なしぐさで
独り占めにする

孤独な言葉は
不治の病のように
鋭い痛みで
人を死地に追い込む

そのような言葉を私はほんとうに羨み慕う
どうか私を占有して
つぎにはやる気満々にしてほしい

一九九五年六月二十八日

私はここに坐っている

私はここに坐って
空が明から暗に変わるのを見つめている
最後の一筋の光が
発するうめき声に耳を傾けながら
最初の涙がぽろりとひとしずく
窓ガラスを打つのを待っている

言葉は別の言葉を待っているのに

永遠に出逢えない
ひとしずくの雨で
天と地は渾然一体
静かに止まった時間《とき》の流れに
雨の魂が
ひそやかに降りてくる

一九九五年六月

雨の夜

ただ独り雨の中を歩いていく
誰にも知られないよう
彼女はなぜ泣くのだろう
雨が氷のように凍えた頬を打ち
魂の谷底にこだまする

亡霊たちは都会を縫うように行く
ゆっくりと滑らかに

口もとに奇怪な微笑みを浮かべ
亡霊たちをお客としてもてなすのは
悪くないアイデア

いつもの温かいお茶で薄めてあげたい
雨だれのうら寂しさを

雨の夜にさめざめと泣く女《ひと》よ
家に帰りなさい
それとも夢の中で死にますか
亡霊たちはあなたに灰色の経帷子《きょうかたびら》を着せて
旅路へと送り出す

地獄へ　それとも天国へ　どちらでもかまわない
なぜ独りぼっちですすり哭《な》いているの
誰にも知られず
ただひとり雨の中を歩きながら

一九九五年七月

独り守る夜――暁波へ――

来る日も来る日も、鬱々とふさぎ込むのを繰り返す
単調な風景には
明るい晴天がめったに訪れない

一個の茶碗が地面で砕け散る
騒がしい音が
鋭く突き刺す
離ればなれになった日々を

音も立てずに一匹の猫が
夜の芝生をそっとすり抜けていく
冷たく光る緑の目は
孤独のしずくに満たされる

捕まえたりしないで
光をともす蛍を
それは夜の幽霊だから
私たちの暮らしの外で舞い踊らせる

私は暗やみの中の
苦い果実

眠りという書物にひそむ
夢のない一ページ

いいえ、そうではない
あなたは旅の道連れでなんかなくて
永遠のパートナー
どうか忘れないで
私たちから奪われた陽光のことを

一九九五年八月

毒薬（一九九七〜一九九九）

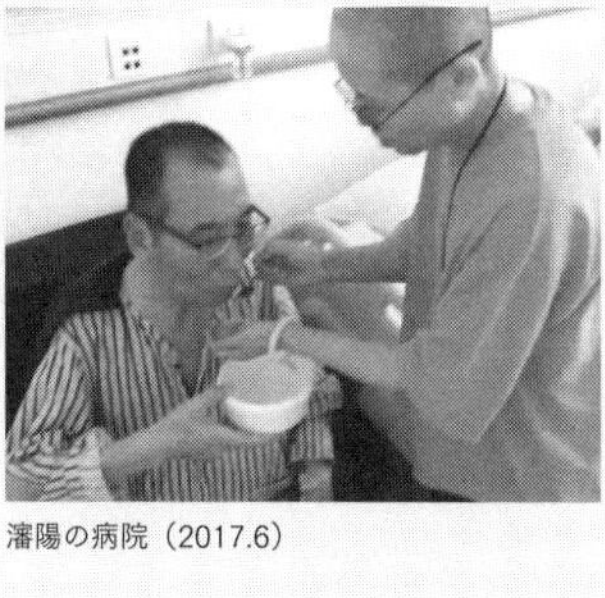
瀋陽の病院（2017.6）

毒薬

ゴッホの耳を通して
大地がもうすぐ崩壊するという緊迫したニュースが伝わってきた
警戒を忘れないで
空を洗うような夜を
食卓のまん中で咲き誇る花々を
本の中の語順正しいフレーズを
テレビの天気予報を

カフカの日にある狂気を
暖炉の火の中、最後まで残った一筋の炎を
災害が去って、畑に残ったただ一本の高粱《カオリャン》を
見守る農夫のように

私はこの世の毒薬
雪に覆われ
大地で腐乱した死体
その死体にうごめくウジ虫を
純白だからとだまされないで

死を覆い隠さないで

模造のパラダイスなんていらない
ニセ天使の熱烈な視線なんて
一茎の枯れて黄ばんだ稲わらにも及びはしない
一本の煙草が燃えつきるときの明かりにだって

一九九七年一月

孤独な風景

孤独な風景が
道ゆく人の目に映っている
単調で荒涼とした
『辞海』*の中で忘れられたたった一つの文字のように
砕けたメガネのレンズの破片《かけら》に映った貌《かお》のように

目を閉じて絵を描くことを覚えるといい
魂で力づけ

一筆ごとに輝かせながら
盲人の風景は
心に響き
何ものにも囚われたりしない
監禁されたままの
あなたはエルサレムの嘆きの壁に
たどりつく

一九九七年四月

＊中国の大型総合辞書。

暗い影——暁波へ——

ある朝、眠りから醒めると
暗い影が夢から現れたようにゆっくりと動き
さきほどから私の視線をさえぎる
時は流れ、季節はめぐっても
あの、先が見えぬほど長くて残忍な朝が
ずっとつづき終わることがない

一脚の椅子と一本の煙管《パイプ》

記憶の中であなたを待ち続けても徒労だけ
誰も街角を歩くあなたを見たりしない
ひとみの中を小鳥が飛び
葉の落ちた木からオリーブの実が一粒落ちる
秋のあの朝を体験したので
成熟など拒絶する

女は目をランランと光らせ
毎日毎日書き綴る
際限ないヒステリックな言葉を
鏡の中の小鳥はもうずっと眠りこけている

一九九七年四月

訳者注：一九九六年十月八日、早朝、二人が寝ているとドアがノックされ、警官が押し入り、劉暁波は妻に別れを告げる間もなく連行された（三度目の投獄）。劉暁波「ぼくの人身の自由が十数分もたたないうちに剝奪された」（『従六四到零八』主流出版、台北、二〇一六年、二八二〜二八七頁）

驚いて目が覚めると──暁波へ──

驚いて目が覚めると周囲はまっ暗
あの鳥がまた私の手のひらで甲高く叫ぶ
無数の足が階段を踏みならし
建物をグラグラと揺する

私は独りベッドに坐り
こぶしをぎゅっと握りしめ
氷のように冷たいひざに置いて身じろぎもしない

甲高い声が喘いでいる
握りこぶしの中で

夢の中でたどりついた
危機はきっと幾重にも重なっている
ああそれは私にどんどん近づいてくる
鳥の甲高い叫び声から
その息づかいを聞くことができるほどに

あなたは時間の裏側
きらりと光る陽光の下に立って
一枚の羽毛をみつめる
風にただよいながら落ちていくのを

一九九七年四月

ある夜

あの夜落ちた、一本の針で
器官がパキッと裂けた
柔らかく静まりかえった夜
不意の痛みに
顔が痙攣した

女が一人ルームランプの前に坐っている
眠らずに坐っている

空中に両手をあげ絶望的に振りまわす
細い指の間には何もない
暗やみにまつわる語彙は
散り散りばらばらになって逃げ去る
壁に映った手の影が
剪紙《せんし》*1に変わる

心の奥にひそむ不眠の猫は
血まみれになって悲鳴をあげる
眼光は雪のようにきらめきながら射し込んでいる

虚無ともみあいながら女は
言葉とともに

ついに指の間の暗やみに飲み込まれる
ヘール・ボップ彗星[*2]が
夜空に現れ
ミステリアスに飛行する

一九九七年四月

＊1：中国の伝統的な民間芸術の切り絵細工。
＊2：一九九七年に非常に明るくなった彗星で、「一九九七年の大彗星」とも呼ばれる。

カフカ

カフカ
いつからかは知らないけれど
あなたはもうひとりで
プラハの空の下を歩かなくなった

またたく間に
あなたの兄弟たちが湧いてきた　数えきれないほどたくさん

私の生まれた地では
かつて万人が一心に、異口同音に、一統に服従したが
今では大勢が手を高く振りあげ
あなたの名の下で
足並みそろえて城へと進軍する

カフカ
あなたは別な意味で神になった
インチキな前提条件によって
彼らは城を冒涜し
これ見よがしの殉道者になりすました

私たちはあの中年のひとり者ブルームフェルトの

家に戻りましょう
あら、忘れたの？
未完の物語よ

さあ、一緒にからだの向きを変えましょう
ほら、あの二つの
ひとりでにポンポン飛び跳ねる小さなボールは
どこかしら

一九九七年六月

終わりのない夜

あのひとみが今夜きっと帰ってくる
今夜はあの亡霊がまちがいなく帰ってくる
墓碑のかたちで
あの時、私は自分の心の奥底で変わらずに
記憶は枯草でおおわれた
墓地はがらんとして

うなだれた向日葵さえない
発狂したヴァン・ゴッホに別れも言えずに
かなしい白骨は
大地からずっと深く降りた氷河に

亡霊たちが、ひとみたちが
この一本のろうそくに集まり
沈黙したまま私と対話する
白百合が
ひっそりと萎れはじめる
生と死は比べられない

真実と虚構は

手の平と手の甲の間
終わりのない夜に
ひとしずくの涙のイマジンの木から
無数に生えた絶望の手が揺らいでいる

あなたのまっ暗な夜に
私の言葉はかたちにならない

私たちはもう
あの時に戻れはしない
ただ風が
十里長街（長安街）をゆらゆら漂っていく

暗闇を穿つ女は
たとえ白百合だって立たせたりしない
彼女は詩作のノートを脇に
この道行きのただひとりの友
亡霊のあとをついていく

白い紙が一枚また一枚と
夜の視線の外でひらひら舞っている

一九九七年六月三日〜四日

時代遅れなのに

湿気をふくんだ陽の光は
ときの流れの中にたたずんだままもう流れない
風は息さえできなくさせる

カレンダーを
紙にピンで止める
壁の暗がりにいる影は氷のようにじっとしている

子どものころ欲しかったあの新しい服は
今も母のトランクの底
知らないうちに腐り果て
青々としているのは
毒のある植物だけ

哲学者は本の中で
飽きもせず
形而上の問題を議論する
時代遅れなのに

一九九七年六月

一つの生活

ステンレスのハンガーに
ぼろぼろの靴下がたくさんかかって
花ざかり
数えてみれば三十足
いやそれ以上かもしれない
でもやめておきましょう
きちんと数えきれやしないから
けれど私は二歳のときにもう

一から百まで数えられた

靴下よりも背が低い
白髪のちびが
あなたのか、それとも別の人のシャツを着て
ステンレスのハンガーの下にじっと立っている
たぶん靴下がずっしりと重いせいでしょう
彼女の髪の毛が全部白くなったのは

四つの小さいけど精巧なイーゼルで
嵐[*1]が四回も
ビューッと押し寄せてきた

これはトーマス・シュッテ[*2]という名の彫刻家が
創作した「モアの生活」

私ときたらきちんと数えるのがやっと
嵐を上回る邪悪な靴下なんて
いったい何足あるのだろう
これこそが私の生活

一九九七年七月

＊１：獄中で劉暁波と結婚した時、彼は『嵐が丘』の一節を朗読した。
＊２：現代ドイツを代表する芸術家で、彫刻のみならずインスタレーション、ドローイング、水彩画など多彩に活動する。

結末なんてない

私はずっと書き続けている
物語を一つまた一つと

りゅーとした身なりの男が
四合院[*1]で暮らしている
窓のカーテンを閉めて、部屋に引きこもったまま
庭を通り過ぎる猫だって彼に見向きもしない
ずーっと独り暮らし

思春期の少女が
一日中ランプの下で
見知らぬ人、あるいは遠い親戚に
手紙を一通また一通と書く
返事を期待せずに

独り身の女が夜通し背筋を伸ばして座っている
ドアが斧で打ち壊されるのに耳を傾けながら
膀胱が緊張するあまり疲れ果て
真実と幻覚はちがうということも
よくわからなくなる

結婚許可証の発給[*2]されぬ花嫁が
結婚指輪をつけて
目つきからして疑惑ありげな人たちに
色とりどりの結婚祝いキャンディ[*3]を配っていて
白髪の狂気は日増しにつのる

女の子が鉛筆を
目の仇のように削り続け
時々実の母を訴える準備をする
彼女の背後で
暗い影がゆっくり少しずつ膨張をはじめる

美人の編集者が

パソコンの前で煙草を吸う
この形のない本のために
人の心を蠱惑する言葉をあれこれ練りながら

鉄格子の中の男が
乏しい陽の光の下
心の中に植樹して林をつくっている
鳥が群れをなして自由に
飛びまわるのを眺めるために

私の書く物語に結末なんてない
主人公は頑《かたく》なで
私の精魂込めたプロットに

かんたんには引き寄せられない
コーヒーを淹れている間に
幽霊のようにパッと消え失せる
牢獄の形はとってないけど
心のゆくまま任せの生活とはいえない*4

*1：中央の庭を囲み「正房」、東西の「廂房」、向かいの「倒座儿」の四棟からなる旧式の家屋。
*2：中国では一九五〇年に女性の解放、封建的家族の解体、民主的家族の創設を目的に婚姻法が制定された。婚姻は本人たちが民政部門に赴いて申請し、結婚証が発給されることにより成立する。それは単なる届出ではなく、事前の健康診断など婚姻条件が具備されているか当局が実質的に審査する。登記されない夫婦関係は無効であるばかりか違法とされる。
*3：中国の結婚式での習慣。甘い幸福をみなで分かちあうことを意味する。
*4：二〇〇九年十二月二十三日の北京第一中級人民法院における審判を前に執筆した「私には敵はいない―最終陳述―」で劉暁波は「長年来、私の自由なき生活のなかで、われわれの愛は外部の環境に強いられて苦渋に満ちていた。だが顧みると、やはり愛は無窮である。私は監獄のなかで服役している。あなたは形なき心の獄中で私を待つ」と述べた。

あら残念

何度もなんども
私は頑なにお酒の誘惑を無視している
幾度もいくども
向き合うたびに
思わず受け入れそうになる

私はあとどれだけ耐えられるだろう
活火山のように

いつか必ず灰が降りそそぐあの一瞬まで
忍耐強く待つしかない
私は感情を発散させるすべを持たないけれど
ひとしずくの涙を万年雪に変えて
前代未聞の大寒波だって引き寄せられる

この持久戦の逃走ゲームで
私は歩きながら知らず知らずのうちに
ゆったりと落ち着き払い「あら残念」と思わせるぐらいできてしまう

バッコスの信女のマルグリット・デュラス*に
「危険物持込禁止を守るように」と教えられたけれど
それがどんなに大変かよくわかるの

一九九七年十月

＊フランスの作家、脚本家、映画監督。

恥辱

君たちは腰をかがめ、頭《こうべ》を垂れている
秋の向日葵《ひまわり》の疲れきった姿に
私は絶望する
何かが君たちの驕り高ぶる頭を意気消沈させる

私はじっと見つづけていられない
君たちが両手で隠してしまった眼を
曲がった指の裏には

言いがたい恥辱が隠されている

君たちは私の前にこのように坐り
私の夢のない時間をかき乱す
私は呆然と見つめる
君たちの身にまとう長袍《チャンパオ》*が
一本ずつ腐爛しはじめるのを

さあ君たち、立ち上がりなさい
口を閉ざしたまま
再び出発する時がすでに訪れている
もし君たちに気骨の一本でも残っているのなら
ついには立ちあがるのだ

一九九七年十一月

*チャイナドレスの男性版。

眠れぬ夜

眠れぬ夜
彼女は毒汁を吐き出し周りを暗闇にしてしまう
彼女の血管を鋭い氷のかけらが流れていく
ざわつく大群衆をかきわけ
彼女の猛毒を持った眼光がジッと狙いを定める
一つひとつが微小で
ひそかにはびこり始める斑点を

彼女の体内の一部は
もうすでに萎んでしまった
しかも明晰な言葉はとっくに死んでいる
彼女は幾度となく諦めてきた
新たな生命を授かるという至福の喜びを
陽光の下、彼女は恐れる
赤ちゃんのむき出しの小さな手が

首つりの縄になり
直立し力をこめて世界に宣告するのを
「この女は、気が狂っている」

一九九八年六月

場違い

全くの無防備、脆く弱々しい気分のとき
ドレスリハーサルが始まった

私はまぶしい照明に裏切られた
舞台に立ったとたん
みっともない醜態をさらしてしまった
まるで歯をむき出しにしたエイプリルフールのピエロ
もともと悲観的で弱々しいタイプだったから

コントロールできなくなる
ずっとスカスカだった血管に突然大波が滔々と押し寄せる
私は邪悪な赤い目をしたマレフィセントのコスプレで
みんなが見ている前で
髑髏《しゃれこうべ》から美酒を醸造する

どんな衣装や化粧も
こんな私を偽装することなどできない

音楽が終わり観客は席を立つ
私はもう一人の私と肩を組み舞台中央でカーテンコール
一人は顔じゅう涙でくしゃくしゃ
もう一人は口を開けて大笑い

一九九八年七月

空いている椅子

あちらにもこちらにも空いている椅子
こんなにたくさんの空いている椅子が
世界のあちこちにあるけれど
特に私はヴァン・ゴッホの空いている椅子に魅せられる

ひっそりと坐ってみる
両足を少しゆらゆらさせてみると
椅子からにじみ出る息遣いに

凍えるほどかじかんでしまい
身動きもできなくなってしまう

ヴァン・ゴッホが大きく絵筆を振る
出て行け　出て行け　出て行け
今夜は葬式などしないぞ

ヴァン・ゴッホが私のひとみをじっと見つめ
私のまぶたを閉じさせる
本焼きを待つ陶器のように
ひまわりの烈火の中に坐って待つ

一九九八年八月

林昭のために

私はただこのように
あなたのひとみをずっと見つめている
あなたの口をふさいでいる綿球をそっと取り出す
あなたの唇は依然として柔らかい
あなたのお墓はがらんとしている
あなたの血で私の差し出す手は火傷した
こんなにも冷たく残酷な死
九月の燦々と降り注ぐ陽光の下に独り坐る私は

悲しくさえなれない

いかなる形のお墓でも
自由を愛するあなたには
軽薄すぎる

毎年旧暦の十五日
川面は灯籠流しでおおわれるのに
あなたの魂は迎えてもらえない
あなたは姿勢を正し冷たいまなざしで
カフカの漂流する精霊船に
相変わらず不条理な世界を見る
北京大では百周年を迎え乾杯の歓声があがる

あなたは冷たく大笑い
飲め　飲め　飲め
それは血だ
あなたは暗やみから語りかける

一九九八年九月

訳者注：林昭（一九三二〜六八年、本名・彭令昭）は一九五四年に北京大学中国文学系新聞専攻に入学したが、一九五七年、反右派闘争のさなか中国共産党を批判する学生の壁新聞を支持したため「右派」として批判され、「労働教養」に処された。その後、甘粛省における地下出版（星火事件）などに関わり投獄されるが、獄中でも自由や民主を求める意見を変えず、血書により自分の主張を記録した。一九六〇年「人民民主専制転覆陰謀罪」、「反革命罪」で上海の監獄に移され、一九六八年四月二十九日、秘密裏に銃殺された。翌五月、老いた母親のもとに処刑の請求書が届き、そこには「反革命分子に銃弾を一発用いたため、家族は一発分の代金、〇・〇五元を支払うべし」と書かれてあった。強権に抗して自由を追い求めた先駆者、象徴として、毎年、墓前に民衆が集まり供養するが、妨害され、連行される者も出る。

沈黙の力

人形とともにいる暮らし
至るところに沈黙の力が広がって
世界は四方に開かれている
私たちは手話で交信する
暗い陰で、あの仮想の赤いりんごが
ほのかな香りを静かに漂わせる
口を開けたりしないで
幻がさっと消えてしまうから

暗闇は夜となく昼となくいつも私のまわりに押しよせる
あの人形は私に背を向けたままずっと窓の外を見つめている
大雪でまぶしすぎる白銀が
彼女の両目を刺し、痛い
けれど、彼女はどうしても目を閉じない
愛、こんなにもたやすく、こんなにも苦難に満ちたもの

私はこの光景に心を奪われ
さらなる沈黙の深淵でも生きてみせる
絶対に守らなければ
この脆くてこわれやすいものを
私たちのこの暮らしのように

一九九八年十一月

人形

うちのドアをノックしないで
もう決してしないで
いや、するな

うちには人がいない
私たちはただの人形
蒼穹の手に引かれる人形
今はぐっすりと眠っている

あなたたちは人形芝居を観たことがあるかしら
そう、私たちはただの傀儡《くぐつ》
血も肉もないものと思うでしょう

あなたたちはいわゆる「人」
チューインガムをかみ、ポップコーンを食べながら
私たちを見てハハハと大笑いする
そんなにおかしいかしら

あなたたちはカーテンを透かして
別な世界の風景を見たことなんてないんだわ

カーテンの裏側で
数えきれないロウソクが
まっ暗で突き刺すような寒風の中
粘り強く灯っている
私たちは亡霊とともに
灯火《ともしび》を手に声を押し殺して哭《な》く

お願い、ノックする見知らぬ人よ
ここから立ち去って
私たちはまだ眠らなければならないの
睡眠によって力を蓄えるために
大きなカーテンを開くとき
私たちは何も畏れずに対峙する

あなたたちといっしょに
拍手喝采だなんてごめんだから

一九九八年十一月

無言

もう一度もう一度と記憶の中であの靴を探し出し
人形たちにはかせようとする
靴は人形たちにとっては
大きくて重すぎる
靴の持ち主たちは写真から
無言で私を見つめる
私は一本の燃えあがる木となる
地球の海水をすべてもらったとしても

私は漂うことなんてしたくない
どんな力が空に横たわり
時間を逆転させようと
私は茫然として目を凝らす
その最後の時を

ユダヤの子どもたちが
死を前にして書いた詩句を
繰り返し黙読し
私の骨の一本一本に刻印する

がらんと空いた靴の中で

私の骨が
肉と皮を突き破る
むき出しの小さな足は
氷のように冷えきったまま

一九九九年一月

正午

衰え始めた女が
ベビーカーを押して
日の光と土ぼこりが充満する公園を歩いていく
ベビーカーに正座しているのは人形

子どもたちは大人たちの手を振りほどき
あちこちから駆け寄ってくる
女の足どりは滑らかで

物音一つしない人形
だが不思議と子どもたちには聞こえる
正午の呼び声が
子どもたちはちょこちょことベビーカーについていく
時には人形を見つめ
時には女を見あげる

大人たちは遠くから見守る
この行列を
大声で自分の子どもに呼びかけても
いかなる声も
日の光と土ぼこりの間に消え失せる

あの女の
足どりはしっかりと落ち着いている
誰も知らない
彼女が誰で
どこに行くのかを

一九九九年二月

ただ目が覚めただけ

私は醜い人形の軀《からだ》に身を寄せ
何度となく夢の中で自分を刺し殺す
目が覚めて
生きかえらなかったことに気づくのだ
ただ目が覚めただけだと
時には人々の前で
表情に現れる

あの横柄な態度に
思い込まされた
もう何もかも悟った
誰もわかってはくれないと
夜ぽつんとランプの下で枯れたように坐っていると
何度悔やんでも悔やみきれず
またほんとうに
感謝で胸がいっぱいになる

風が吹いてカーテンを揺らした
誰が言えるだろう
それはただの風だと

一九九九年九月

ザボン

掌で大きな一個のザボンをもてあそぶ
金色の玉
苦渋に満ちた香りを漂わせる
小さなナイフで厚い皮をむき取ると
無言の痛みの中
戦慄が走り抜ける

痛みに鈍感な生活は

誰も摘み取らない果実のよう
ただ腐るのを待つ、腐っていくのだけを

私はこのザボンになりたい
ナイフで切られ、手でむかれ、歯でかまれ
激しい痛みの中で
安らかに死んでいきたい
腐乱していく肉体に
たくさんのウジ虫がうごめいているところなど見たくもない

冬じゅうずっと私は同じことを繰り返している
ザボンを一つ、もう一つとむいて
死の中から栄養を吸い取ることを

一九九九年九月十三日

シャルロッテ・サロモンへ

あなたは二十六歳のとき
旧友に裏切られ
ガス室で命を絶たれた
アウシュヴィッツ収容所の

私は永遠に避けられない
いつも執拗に目を凝らして見つめていても
一つひとつの細部を

今日あなたに逢えたことも
数枚の薄いページを通して
シャルロッテ・サロモン

あなたのおなかの赤ちゃんは
まぶたを開けないうちに
永遠の暗やみに飲み込まれた
ただあなたたちがユダヤ人だというだけで

あなたの家族には
自殺者が絶えなかったけど
彼女たちは魂をあなたに任せた
あれほど多くの恐怖や悲痛を

あなたはどうやって受けとめ
どんなふうに絵筆をとったの

どんな力を持っていたの
激震の一年で
一三二五点の絵を描きあげた
聖ヨハネのフェラ岬に吹く海風は
今でもあなたの思いを靡かせている

あなたは跪き
両手を合わせて祈る
何を願っていたのかはわからないけど

「もうこんな生活は耐えられない
こんな時代はがまんできない」
あなたの絵筆がそう叫び声をあげる
キャンバスの色彩が狂暴に動き始める
タッチは荒々しく額縁からはみ出す
限られた空間でも
小鳥のように自由に飛ぶ

シャルロッテ・サロモン
あなたの描いたベッドの
あの痛々しい赤
あれは血?

暗やみの中の密告者よ
恥知らずの殺人者よ
私の目を見て
白状しなさい
これは一体どういうこと？

この秋の夜
シャルロッテ・サロモン
私は眠れない
あなたを収容所に連行する列車の
嗚咽のような汽笛が私のからだを踏みにじる
あなたの手を引いて連れ戻せたらいいのに
あなたが現れたこの夜は

ひどい痛みで痙攣を起こすのだ

一九九八年九月十八日　早朝

訳者注：シャルロッテ・サロモン（一九一七～一九四三年）はアウシュヴィッツのガス室で二十六歳の短い命を奪われたユダヤ人女性画家。彼女はフランス亡命中に自伝的性格の絵画をグアッシュで数多く創作したがゲシュタポに捕えられた。ナチス敗北の二年後、「人生？あるいは劇場」と名づけられた一千点以上の絵画が奇跡的に発見された。『シャルロッテの絵手紙—ガス室に消えたユダヤ人画家—』（東銀座出版社、二〇一五年）。

劉霞が手に持っているのは、2009年に中国のネットで話題を呼んだ想像上の動物「草泥馬」。困難な環境の中で権力に対してユーモアを武器に粘り強く立ち向かう草の根ネットユーザーの代名詞となった。同年3月、チェコの人権NGOが平和的方法で人権運動に取り組む人物を表彰する「人と人」人権賞を、劉暁波と「〇八憲章」署名者全員に授与した。崔衛平、徐友漁、莫少平が代理出席し、北京に戻り、この喜びを劉霞と分かちあった。その際、友人が手作りの「草泥馬」を2つ、劉暁波と劉霞にプレゼントした。（写真は艾暁明氏提供）

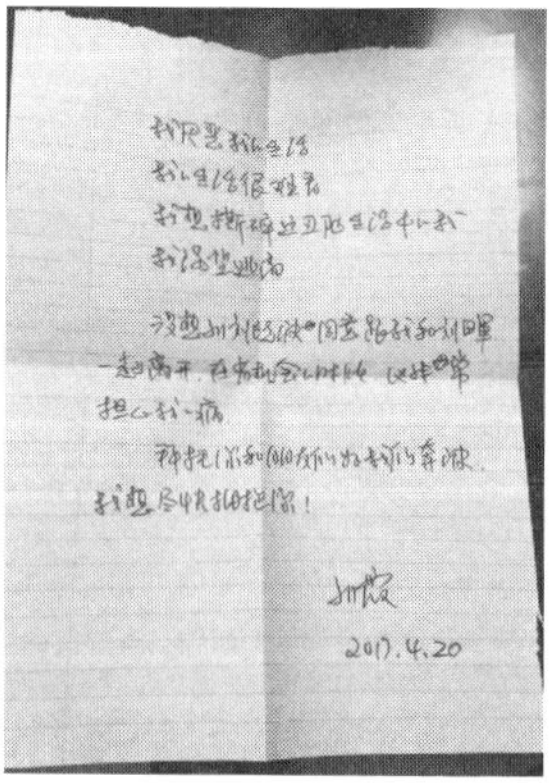

我只要我的生活
我的生活很难看
我想撕碎这丑陋生活和我
我渴望逃离

没想到刘晓波的国家给我和刘晖一起离开，在有机会以前 以前非常担心我的病

拜托你和朋友们为我们奔波，我想尽快拥抱你！

刘霞
2017.4.20

劉霞、手書き原稿
「生きる」（廖亦武氏提供）

魂は紙でつくりあげたもの（二〇〇〇～二〇一七）

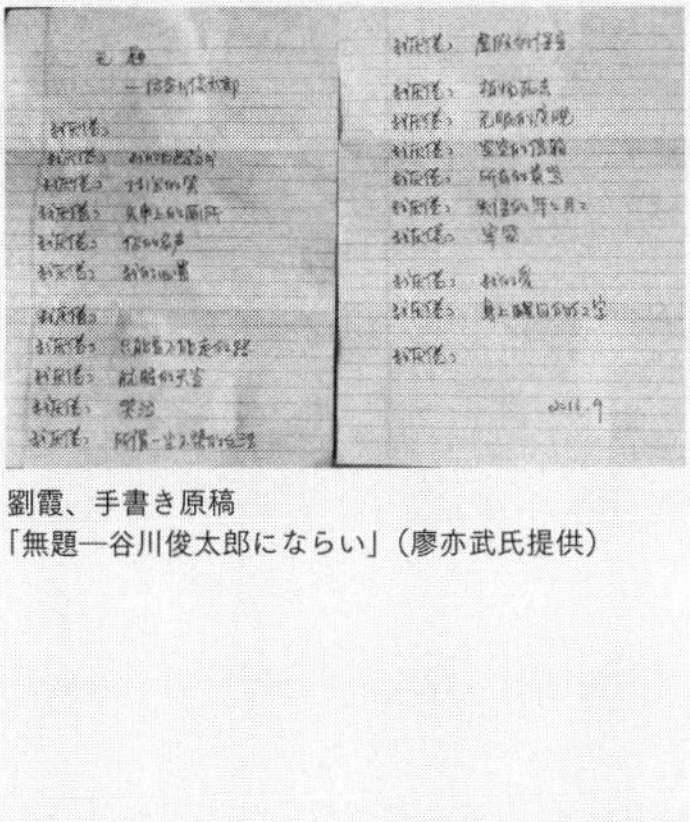

劉霞、手書き原稿
「無題―谷川俊太郎にならい」（廖亦武氏提供）

魂は紙でつくりあげたもの——暁波へ——

時間の暗闇を通って生まれたから
死なんか気にしていられない
何かが私を待っている
はるか一千年前に
私はこの世に生まれた
悠遠で戦慄させる話だけど

この世にはいつも仰天させられる

事物は魔性を具えれば具えるほど
白日のもとに晒すべきだ
私は気が触れてなんかいない

すべては前兆
一束の光が手のひらで反射し
瞬く間に消えてしまう
ここに溜まっていた
あれやこれやのマンネリなんて振り捨てよう

いつもわけのわからぬ符号を観察していると
耳もとで何やら音がするけど
ぼんやりしたもの

永遠は孤児
生まれるのを拒んだ赤ん坊が
私の手にギュッとしがみついてくる
引っぱって離そうとするたびに
彼は痙攣しながら
手のひらに巻き戻り縮こまる

時に
彼は力いっぱい足を踏ん張って
群がる星に向かって飛翔する

子どものとき

あのでたらめで単調な歌で
悲痛と麻痺に陥り
ねずみは穴に逃げ込んだ
私は気がついた
ある異常な現象に
人が歩く時、地面はいつも
傾いている

あいつは動物に変身した
ハハ！　人の魂なんて
紙でつくりあげられたものなんだから

二〇〇〇年七月八日

抜け出せない——暁波へ——

あなたが汽車に乗ったばかりだというのに
わたしはすぐに受話器のそばで待ちはじめる
心は焦るばかり
抜け出せない事情があるから

あなたは突然失踪して暗い影になったけれど
まだまだ消え去ったわけではない
だから出かけるときはいつも

神経がピリピリしてたまらないほど

夢の中でいつも
あなたを見るけれど
どこにいるのかわからない
あなたは家への帰り道がわからないので
怖くてしかたがない

私は毎晩聞かなければならない
あなたの肉声を
恐怖の車がやって来る前に
あなたの語った一文字一文字を嚙みしめている
これは一種の病かもしれない

二〇〇〇年七月

誰も私を見ない

誰にも私は見えない
どうしようもない
私はどんな呪文もかけられていないのに
ただあらがえないものに吸い込まれるだけ
誰にも私は見えない

死線をさまよう影が目に飛び込んでくる
ゆっくりとテンポのいい足どりで

落ち着きはらっている
誰も一言も発しない
私は手を振っているのに
誰も私を見ない

二〇〇〇年

ヒステリックな言葉

私はヴァーツラフ・ニジンスキー*という人のからだの中にある魂
食が細く、痩せこけているにもかかわらず
ただ神様が命じた食べ物だけ口に入れる
メタボのおなかは嫌だ
バレーのさまたげになるから
私は人の群れが恐い
その前で舞うのが恐い

歓楽のために舞えというから
歓楽こそ死
彼らは鈍感だ
けれど彼らは私に、自分たちと同じ生活を強要する

家に閉じ込めようとする
黒山の人だかりから離れ
自分の部屋に閉じこもりたい
天井や壁をぽかんとながめていると
監禁されても生命《いのち》はそこにある

私は思索しない哲学者だ
生命の劇場だ

フィクションではなく
肉体のある神だ
詩《ポエム》で語るのだ
私こそ韻律だと

睡眠導入剤では眠れない
お酒でもだめ
ほとほと疲れ果ててしまった
休みたいのに
神が許してくれない

私はまっすぐ進みたい
高いところまで行って見下ろしたいから

私のフィーリングで到達できる高さまで
まっすぐに進みたい

二〇〇三年

＊ヴァーツラフ・ニジンスキー（一八九〇〜一九五〇年）は、ロシアのバレエダンサー、振付師で、驚異的な脚力による「あたかも空中で静止したような」跳躍、中性的な身のこなしなどで伝説的なダンサーとなった。

無題——暁波へ——

話して、話して、ほんとうのことを話して
昼に話して、夜に話して、目覚めている限り話して
話し続けて
閉じ込められた部屋から声を外に放って
二十年前の死がまた戻ってくる
時間のように行ったり来たり
あなたは多くをなくしたかわりに、亡霊と一緒になった
ふつうの暮らしを失ったかわりに、亡霊の叫びに加わった

話して、話して、ほんとうのことを話して
昼に話して、夜に話して、目覚めている限り話して
話し続けて
閉じ込められた部屋から声を外に放って
二十年前の傷口からまだ血が流れている
生命《いのち》のように赤い、まっ赤な
あなたはたくさんのことが好きだけど、亡霊の道連れになるのが一番
一緒に真相を究明しようと約束した
道中に灯りはない、それどころか全くない

話して、話して、ほんとうのことを話して
昼に話して、夜に話して、目覚めている限り話して

話し続けて
閉じ込められた部屋から声を外に放って
二十年前の銃声があなたのいのちを決めた
永遠に死の中を生きる
あなたは妻を愛し、妻とこの暗黒の時を分かちあうことが誇りだ
私が好き放題していても何も言わないのに
死んだ後も詩を書いてよこせだなんて
詩には物音など一行も含まれていない、全く一行も

二〇〇九年九月四日

断片

私はいつも見つめている
読み終えたばかりの死の光を
ぬくもりを感じるのだけれど
離れなければならないから
さあ、光のあるところに行きましょう

ずっと気丈であり続けたけれど
灰燼《ほこり》になってしまった

一本の木は
一閃の雷光で打ち砕かれる
何も考えないうちに

未来は私にとって
閉じられた窓
部屋の夜はいつまでも明けなくて
悪夢は消えない

さあ、光のあるところに行きましょう

二〇一一年

無題——谷川俊太郎にならい——

うんざり

もううんざり　見えるだけで歩けない道
もううんざり　汚れた青空
もううんざり　涙を流すこと
もううんざり　いわゆるちり一つない生活
もううんざり　偽りのディスクールも
もううんざり　植物が萎むのも
もううんざり　眠れぬ夜も

もううんざり　空っぽのレターボックスも
もううんざり　すべての非難も
もううんざり　言葉の失われた歳月も
もううんざり　鳥かごも
もううんざり　私の愛も
もううんざり　身についた「緋文字」も　もう

もううんざり

二〇一六年九月

生きる

数えきれない葉書
と、一人ひとりの手で、私は生きている
萎れた花で、私は生きている
窓の外の翔ぶ鳥
と、時おり見える青空で、私は生きている
生きるのだ
友たちの抱擁で、私は生きている
かなしい傷の記憶で、私は生きている
生きるのだ
夢に現れる父の顔で、私は生きている
土色になった母の顔で、私は生きている

弟の足にはめられた鎖*
と、プーさんの手のぬくもりで、私は生きている
生きるのだ

二〇一七年

*二〇一三年に弟は経済犯として十一年の実刑判決、二〇一六年に父、二〇一七年に母が死去。

一羽の小鳥の歌声

廖亦武《リャオ・イウ》

劉霞。

ぼくが最初に驚嘆させられた詩は一九八三年五月の「一羽の小鳥、また一羽の小鳥」だ。最近では二〇一三年十二月に書かれた「無題」がある。「一本の止まり木」をモチーフにした悲嘆の詩だ。

二篇の作品の間には三十年の隔たりがある。その間に何が起きたのだろうか?

彼女に初めて逢ったとき、ぼくたちは若すぎて、詩を書く以外のことは何も知らなかった。劉霞《リュウシィア》という小鳥は、北京の双楡樹西里にある二十二階の鳥小屋に住んでいた。ぼくが四川から上京して訪ねたとき、エレベーターが故障していて、フーフーいいながらよじ登り、ドアをトントンとたたいた。彼女はケラケラと笑い続けた。ぼくもゲラゲラと笑った。

細くあごのとがった劉霞はケラケラとよく笑う。一羽の自由気ままな小鳥だ。なるほど。

冬の長々とした睡眠はイヤ
だいだい色の明かりを
いつまでも光らせていたいから
あの小鳥に告げてね

私たちは待ってるって

これより早く、一九八二年に手紙でもらった詩がある。万里の長城あたりの小さな明かりを詩っている。

茫々たるやみ夜
きらめく明かり
きらきら光るのは冬の夜に眠らない小鳥の目

そのころ、劉霞はアメリカ文学史上、告白詩というジャンルを開拓した女流詩人、シルヴィア・プラス[*1]の肖像をベッドの枕辺に貼っていた。「男を空気のように丸呑み」した女性、プラスは幾度も自殺未遂をした。最終的には、死のゲームで遊ぼうとしたが、ガスの修理者が遅れて、思いもよらない最期を迎えたという。こんなことを話しているうちに、ぼくらは、わけもなく、ケラケラ、ゲラゲラと涙が出るほど笑ってしまった。

ぼくらは若かったので、死を嘲笑するだけの元手があった。作品への批判であれ、称賛であれ、賢かろうが、愚かだろうが、いつでもぼくらは思わず笑った。笑わずにいられなかった。

そんな時には、人類の言葉なんて忘れていられるものだ。一羽の小鳥になって青空を自由気ままに飛びまわり、止まり木の上にちょこんと佇んだり、腹がへったら虫をついばむ。それで幸せだったのだ。

だが、天安門の大虐殺が起き、多くの若者が逝ってしまった。みな、ぼくらと同じように、死を嘲笑する元手があったのに。

死者の霊が、銃弾の貫通した肉体から立ちのぼり、見えない小鳥になってしまって、劉霞と劉暁波の目の前を飛びまわる。そして、眠れぬ夜、二人は愛しあい、小鳥の巣をお互いの魂に据え付ける。

特筆すべきは劉暁波のこと。四回も投獄され、長年引き離されても、劉霞のふところに抱かれた鳥の巣を、絶やさないために詩とラブレターでしっかりとつなぎ止めた。

ノーベル平和賞を受賞した劉暁波にとって、自由を失うことは耐えられるが、精神的な孤独や寂寞にはがまんできないだろう——男の本能とはそういうものだ。つまり、劉霞は、ある意味で、妻であり、母でもあるわけだ。

二人は子どもに恵まれなかったが、独裁国家において、これは致し方ないことだ。何故なら、獄中生活を繰り返す男にとって、高い壁の内にいるときは労りが、外（釈放後）では癒やしが日々必要だからだ。

十数年前、ぼくは『劉暁波劉霞詩選』*2に序を寄せることができた。この詩選の中の詩句、

墓に入る前に
骨と灰で手紙を書くのを忘れるなよ
冥土の宛名を書くのを忘れるなよ

まさに骨まで響くほどの、最もすばらしい詩句だと、今でも思う。

劉霞の天性は一羽の白由に羽ばたく小鳥だが、あのように描かれた戦慄極まりない愛に捕えられて、高く飛びたいのに、鳥かごに入れられてしまった。

昔はまだ、この鳥かごはもう少し大きく見えた。ぼくたちは会うたびに思う存分ケラケラ、ゲラゲラと笑った。「水位が高くなれば船の高さも上がる」とのことわざどおり、酒豪の劉霞と長くつきあううちに、ぼくも呑めるようになった。これを劉暁波は嫉妬した。
二〇〇七年の冬、ぼくはエッセイの中で次のように書いた。

「二十代前半、ぼくがあまり酒に染まらなかったころから、劉霞は酒のお師匠さんだった。彼女の女子組も実に酒が強い者の集まりだった。彼女たちは酒をたしなみながら男子組をバカにしてはアハハ、アハハと笑っていた。かの有名な劉暁波にだって、指図したり、なだめすかしたりしてワインの栓を抜かせた。彼はママアとあやされたり，引っぱられたりして、召使いのように働かされた。こんな酒の席では、劉暁波の知識、教養、度胸などすべて脱構築《ディコンストラクション》されてしまい、彼は憮然としてみんなのご機嫌をとったりしていた。

得意とする熱弁は放棄し、白湯を飲みながら、最も苦手な八〇年代の流行歌を唱ってサービスした。だが、いつも調子っぱずれで、一、二節歌うたびに、喉の奥から二度も三度もうなり声が出てきた。聞いてる方は，その場で死んでしまいたいほど聞くに耐えなかったが、劉暁波はおかまいなしにハイテンションに突っ走った。

彼はちゃんと歌詞を暗記し、気分が高まりクライマックスに達すると、ハーと深呼吸して腰を落とし、またウッフー、アッハーと自己陶酔して歌い出した。

誰かが叫んだ。

「オス豚がよがり声を出すほど、すんばらしい詩だ！　劉暁波同志の歌を聞いたらオス豚がよがり声を出すにちがいない！」

その後「〇八憲章」が世に出た。このため劉暁波は四度目の投獄となった。続いて二〇一〇年にノーベル平和賞の受賞。

さらに、劉霞に追い打ちをかける極めて致命的な事件が起きた。実の弟の劉暉が、二〇一三年に経済犯という罪で十一年の刑を下された。劉暁波に巻き込まれたのは明らかだが、一体、中国っていう国はどうなっているのだ？

重荷に押しつぶされた劉霞は心臓のトラブルに見舞われた。一羽の小鳥の彼女は外部と隔絶された中で、ただ窓の外の止まり木をじっと眺めることしかできない。

二〇一三年十二月十二日

無題*3

これは一本の止まり木なの？
これは私。独りぼっちの
これは冬の止まり木なの？

春夏秋冬いつも変わらない
葉は？
葉は視線の外にある
なぜ止まり木を書くのでしょう
まっすぐ立つ姿が好きだから
木として生きるのは辛いかしら？
辛いけど凜とする
パートナーはいないのかしら？
小鳥よ
私には見えないわ
翼を広げ舞いあがる音に耳を傾けても
止まり木の小鳥を描いた絵は美しいかしら？
私は老いて目も悪くなり見えない
あなたは全く小鳥を描けないの？
そう、私にはできない
あなたは一本の老いた不器用な止まり木

そう、私は

もはや劉霞はかつての小鳥ではなくなった。あの独りチベットまで高く飛んでいき「天国の鏡」と呼ばれるナム湖[*4]をぐるぐる回ったり、ケラケラと息の切れるほど笑う小鳥ではなくなり、一本の動かぬ止まり木になってしまった。——劉暁波は古巣を移せないので、彼女も移せない——小鳥が止まり木になってしまうと、羽毛も色あせ、枯れてしまう。だが、この止まり木は小鳥の歌をさえずり続ける。

「鳥の将《まさ》に死なんとするや、その鳴くや哀し。」（論語・泰伯）

まさに、一九八九年六月四日以後、中国現代詩の絶唱である。
逃げよう。劉霞、君にはできる。
獄中の劉暁波がもし知ったなら、君が止まり木から小鳥に戻ることに同意するだろう。

二〇一四年二月

＊1：シルヴィア・プラス（一九三二～六三年）は詩人、小説家で、成人後の人生の大半を鬱病とともに過ごし、自殺した。没後、一九八二年、The Collected Poems に対してピューリッツァー賞が追贈された。
＊2：香港の夏菲爾出版から二〇〇〇年に出版。日本語版は田島安江・馬麗訳編『牢屋の鼠』書肆侃侃房、二〇一四年（劉暁波の作品のみ）。
＊3：原著『劉霞詩選』一九四～一九五頁。
＊4：チベット自治区にあり、中国第二の面積で、標高では世界一の塩水湖。

訳者注：廖亦武は劉暁波・劉霞と三十年以上も親交のある作家である。

一九八九年六月、天安門事件を詠じた長詩「大虐殺」を朗読・録音し、また映画詩「安魂」を制作したため、反革命煽動罪で九〇年から九四年まで投獄された。出獄後、職を得られず、獄中で和尚から教えられた簫を吹きながら最低層の人々に出逢い『中国低層訪談録』などにまとめた（仏語、英語などに訳され、日本語版は拙訳で集広舎から二〇〇八年に出版）。

二〇一一年、奇跡的に内陸ルートでドイツに亡命した。

ヘルマン／ハメット賞（二度）、独立中文筆会自由創作賞、ドイツ出版協会平和賞など受賞。

沈黙の力

劉燕子

劉霞は笑みをたたえた繊細な顔立ちだが坊主頭で、よく長いショールをまとっている。フランス人学者のギ・ソルマンは彼女の第一印象を「若い禅僧かファッション業界の関係者のようだ」と述べている。[*1]

一 プロフィール

劉霞は一九六一年四月一日、北京で生まれ、劉暁波より六つ年下である。劉暁波と同様、党に忠誠を尽くす両親に育てられ、温かな愛情はそれほど与えられなかったという。

劉霞は早くも八〇年代中葉、中国の代表的な文芸誌「詩刊」、「人民文学」、「中国」などで詩と小説を発表した。

「中国」は一九八五年一月に著名な作家・丁玲の主導で創刊された文学双月刊誌で、そこでは思想的に極めて自由な気風が醸成された。かつて反右派闘争や文革で批判された作家の作品、文革後に登場した新詩運動の若手の作品、実験小説、そして現代詩に多くの紙幅が割かれていた（だが「中国」は第十二期（総第十八期）しか続かず、政治的圧力のため二年足らずで休刊に追い込まれた）。

劉暁波は、伝統文化や国民性における精神的痼疾《こしつ》を剔抉《てっけつ》した魯迅に倣う評論を発表し、知識人の愚忠を批判し、新時代文学には伝統的な封建意識が内包されているという点で左翼文学と通底していると指摘した。

そしてこの時期、劉霞は劉暁波と「中国」の誌面で出逢い、また文芸サロンではカフカ、カミュ、ドストエフスキーたちに傾倒しつつ白熱した議論を交わした。

一九七八年から、北島、芒克たち朦朧詩の「今天」派は詩壇で権威的な存在となり、「高揚した人道主義的な精神」をもって詩と歴史の世界に分け入り、「歴史や時代、さらには人類の代弁者、証人、英雄」たらんとするという詩の形式を打ち立てたと評された。

続いて八〇年代半ばに若き「第三世代」の詩人が頭角を現し、中国全土を風靡した。その流派はさまざまだが共通して反文化、反理性、反抒情の色彩が濃厚である。アンチ北島の対決姿勢を鮮明にしたものの、潜在的には「今天」派が復活させた伝統的構造から脱却しようとする根源的懐疑精神は継承された。

六〇年代生まれの劉霞は「改革開放」の時代に青春期が始まり、「民主の壁」に足を運び、また「今天」を含む様々な雑誌、解禁された書籍を貪り読んだが、四年制の大学には行かなった。独学でモダニズム、魔術的リアリズム、ジョイス的な「意識の流れ」など「西方の現代文芸」を吸収し、「大時代の祭壇」に献げる歌など賛美しなかった。民族復興、社会集団的正義、儒教を根幹とする男権主義、共同体への濃厚な情念と雄大な叙事を公分母で括ろうとする「良識の落とし穴」に陥る誘惑を躲し、繊細かつ鋭敏なエスプリを以て多面的な「個」の確立を模索した。その生き方は、裏道を黙々と独立独歩して孤影を曳くかのようであった。

「六・四」天安門事件以降、劉霞はいかなる官製文芸誌への寄稿も拒絶した。これは詩人＝私人*2たる彼女の当然かつ必然の選択と行動であった。

専制体制下で大衆文化や貪欲な消費・浪費が顕在化した九〇年代、劉霞は愛する人の受苦、肉体がよじれるばかりに深い魂の慟哭や絶唱を分かちあった。

二　創作―詩、写真、絵画―

劉霞は、バーバラ・ゴールドスミス自由創作賞授賞式に寄せた挨拶で淡々と次のように述べている。

現代詩を書いていた私たちは、詩を介して出会い、愛しあってきました。（一九八九年）歴史に前例のない学生運動と大虐殺が起きたとき、劉暁波は道義において引き下がることを潔しとせず運動に身を投じ、誰もがよく知るとおり「六・四の黒幕」となり、運命が変わりました。その後、数回も投獄され、たとえ釈放されてもほとんど不自由な状態に置かれました。私は妻として選択の余地はなく、夫の不幸な運命の一部となっています。

しかし、私は劉暁波の追随者ではありません。現代詩や絵画をとても愛する者です。

劉霞は寡作ながら、心の奥底の光と影の交錯の中でマルチタレントとも言えるポリフォニックな表現を通して独特のリリシズムを深化させてきた。

詩作では死への不安を孕んだ生の憂愁、寒々とした疼痛、鮮烈な愛がモチーフとなっており、無垢な感性に静謐な狂気が憑依している。さらに、言葉が立ち上がらない程の孤寂や叫喚は絵画や写真で表現されている。

彼女の詩、絵画、写真はそれぞれが単独で成り立っているわけではなく、多様な表現が相互に作用・浸透しあい、新たな創造の契機になろうとする。それらに通底する自由の精神や芸術的自律は希有である。一つひとつの作品から、果敢にオリジナリティを追求する多彩なアーティストの像が浮かびあがってくる。彼女は劉暁波との鋭角的な生存状態の闇を見つめつつ、外部の不条理な世界を照射し、底深い残酷なリアリティを映し出す。

だが、その発表の機会にはなかなか恵まれなかった。劉暁波は「遺稿」で、詩、絵画、写真の三つのジャンルの作品をそろえた個展を開けなかったことが「最も残念なことだ」と記した。

（一）詩

私の手許にある『劉霞詩選（Liu Xia Selected Poems）』は、二〇一四年に傾向出版社（台湾）の亡命（エグザイル）時代シリーズ第二〇巻として出版された。このシリーズでは、ヴァーツラフ・ハヴェル、ウォーレ・ショインカ、パウル・ツェラン、チェスワフ・ミウォシュなどの作品が収録されている。この詩選は彼女の唯一の詩集である。


「亡命（エグザイル）」は二十一世紀を象徴するだろうか？　彼女を亡命詩人と呼んでいいだろうか？　〝亡命〟とは詩の題材や地理的な境界に囚われるだろうか？　劉霞は長きにわたり身体の自由を奪われながらも精神の徹底的な自由を求めることから〝国内亡命詩人〟と言えるだろう。「もう、こんな生活は耐えられない」という詩句は、ナチのガス室に消えたユダヤ人画家、シャルロッテに我が身をなぞらえている。実際、劉霞はソルマンに「私はユダヤ人です」と告げた。*3

まさに彼女はナチスに迫害されたユダヤ人のような境遇に置かれている。「国家の敵」とされた劉暁波に嫁いでから、自分自身は政治活動に全く関わらなくとも、監視、尾行、嫌がらせ、恫喝、軟禁など苦難の生活を強いられてきた。だが彼女は屈しない。ひ弱なからだのどこにこんな強靭な魂が隠されているのだろうか？

そもそも詩人は言語に対して存在論的な欲望を有し、言葉を生存に必須の手段とする。その言葉は過酷で不条理な現実の地層の深部を掘り起こす。謂わば不可視を具象化し、可視化する。「空いている椅子」はゴッホの絵画をモチーフにしているが、劉暁波のノーベル平和賞授賞式場に置かれた、座るべき者のいない椅子を彷彿とさせる。芸術家の鋭い感性で予感したとさえ思わせられる。

(二) 写真

劉霞は機械が大の苦手で、使っているカメラや備品はアマチュアのものである。

彼女が醜い人形の写真を撮り始めたのは、劉暁波に面会するため、毎月、大連の強制収容所まで通うようになった頃であった。だが、一年半ほどは書籍や食品などを門で渡せただけで、面会は許可されなかった。

「醜い子供たち」と呼ばれる一連の作品は白と黒によるイメージによって構成されている。その変形し、不揃いな幼児は大人の顔つきをしている。苦痛や恐怖に歪んでいるが、その一方、まっすぐな視線は憤りや抵抗を力強く発している。

写真は形象のみで言葉はないが、喉をからしても懸命に発しようとするメッセージは鋭く伝わってくる。劉霞は「沈黙の力」で、「人形とともにいる暮らし／至るところに沈黙の力が広がって／世界は四方に開かれている／私たちは手話で交信する…中略…私はこの光景に心を奪われ／さらなる沈黙の深淵でも生きてみせる」と詩う。マルチ・アーティストとしての天性が、生と死、美と醜を貫く孤高の精神に光と影、形象を与えている。

この時期、劉暁波は妻に寄せた詩を数多く残している。強制収容所の検閲を通過するため政治について書くことはできなかった。その愛の詩は、劉霞の写真と唱和、呼応している。

このような「醜い子供たち」は、今日、壮麗な「中国の夢」と厳しい抑圧のジレンマに喘ぐ『巨嬰国』（武志紅、浙江人民出版社、二〇一六年）を想起させる。それは知能は幼児のレベルの横暴な巨龍に喩えて中国の国民性を批判し、発禁処分にされた。「醜い子供たち」が「巨嬰」のあふれる「国」に対峙しているのである。これは偶然の一致というより、鋭い批判精神の共振と捉えられる。

（三）絵画

劉霞の作品は、少数の肖像画の他は大半が木、花、曠野などをモチーフにした抽象画である。彼女はどちらかと言えば沈鬱な色調を好み、明るい鮮やかな色彩はほとんど使わない。北欧的な陰鬱な画風に生き生きとしたタッチを組み合わせ、果てしないうす暗さの中でも一筋の光が滲み出ている。花の描き方は、黒や濃い青を基調にして、線は柔らかな弧ではなく鋭角的で硬質だが、美しさを漂わせている。たとえ恐怖の泣き声の中でも、生命のうごめき、その切望がどことなく表現されている。いずれも彼女独特の心象風景を映し出しており、純粋で奥深い生の憂愁が伏流となっている。

三　沈黙すら剝奪される中で

体制の中で不協和音を奏でる者は表現の場から排除される。それは詩人にとって言葉を剝奪されることに等しく、身体の自由を剝奪される以上の存在に関わる苦痛となる。さらに今、劉霞は沈黙すら剝奪されている。最近ＳＮＳで発信される彼女の映像には不自然な点が多々あると親友たちは指摘する。

二〇一六年涼秋の北京の夜、事実上の幽閉生活を強いられる劉霞に、遮断されているはずの電話が鳴った。不思議に思って駆け寄り、受話器をとったとたん、四川方言で「ウェイウェイ（もしもし）」の声が耳に飛び込んできた。ベルリンにいる廖亦武からだった。

彼は夫妻と三十年以上も親交のある作家で、二〇一一年、奇跡的に内陸ルートからドイツに亡命した。以来、懸命に劉霞へ連絡し、断片的だが届くこともあった。

「ウェイウェイ、ニィハオ」

受話器から、もう一人、女性の声が聞こえてきた。何とルーマニア出身のドイツ語作家で、二〇〇九年にノーベル文学賞を受賞したヘルタ・ミュラーだった。彼女は二〇〇八年以来ずっと劉暁波と劉霞の運命を熱いまなざしで見守ってきた。

廖とミュラーは劉霞と少し話せたが、「ドイツに来てね」というところで電話はプツンと切断された。

しばらくして、劉霞が〝学習ノート〟に手書きしたメモが転々として廖のもとに届いた。「無題―谷川俊太郎にならい―」と題して、数篇の詩が書かれていた。一篇は「うんざり」で、濃縮された詩的言語の路地に広がる寂寥と悲愴が具象化されている。もう一篇の「生きる」には心のひだまで圧しつぶされる喘ぎの中に強靭な生命力の憧れが織り込まれている。それぞれ呼応し、二重写しになる作品である。

むすびにかえて

二〇一四年、九州在住の詩人の田島安江さんから劉暁波の詩集『牢屋の鼠』が届いた。丁寧な手紙が添えられていて、二〇一〇年十一月十七日の「朝日新聞」文化欄に掲載された拙論「戦慄的な抒情と慟哭の詩」の中で紹介した詩句に衝撃を受け、劉暁波の詩集を探し出し、翻訳出版したと述べられていた。私は前々から劉夫妻の詩を日本の読者に知らせたいと願っていたので、望外の喜びであった。

劉暁波の訃報はショックだったが、彼の詩を読み継ごうという思いを田島さんと共有し、翻訳を進めた。ようやく最終段階にたどりつくと、田島さんは拙訳のぶ厚い校正ゲラを抱えて福岡から大阪まで駆けつけ、泊まり込みで濃密な知的作業の時間を過ごした。訳語に悩み、なかなか進まなかったが、劉暁波や劉霞と同じ文学世界を生きていることを再確認できた。二人とも、こんな凄絶な詩を読むのは初めて、と幾度か涙を流した。

詩は厳密に言えば翻訳不可能である。私たちは詩人として原作をマニュアルに沿って機械的に訳語を当てはめることはせず、作品の全体像や詩想を摑み、それを生き生きとした日本語として表現するように努めた。

自由な言語こそ詩人が存在するための手段であると自覚し、暁波と霞の文学的な宿命に親しく共鳴しつつ、縒られ紡がれながら言葉を彫琢した。


翻訳に際して、劉霞の「生きる」「うんざり」は廖亦武から送られてきた手書きの原稿で、それ以外は『劉霞詩選（Liu Xia Selected Poems）』（前掲）に拠った。


二〇〇三年、私たち留学生を中心に編集した日中二言語文芸誌「藍・ＢＬＵＥ」が、北京の新興アート・コミュニティ「７９８」で詩の朗読とパフォーマンスの集い「越境する言語」を開きました。日本からは詩人の吉増剛造氏、倉橋健一氏、今野和代氏、中塚鞠子氏、音谷健郎氏が参加し、日本現代詩の風を中国に吹き込みました。それ以来のご縁で「三田文學」二〇一七年秋季号・特集「主張するアジア」に劉暁波・劉霞の詩を紹介する機会が与えられました。編集長の関根謙氏から適切なアドバイスをいただきました。そのきっかけは、『天安門事件から「〇八憲章」へ』や『「私には敵はいない」の思想』の編集者の西泰志氏の来阪でした。

劉暁波と同窓の王東成氏は「赤子心」誌を提供してくださいました。

みな様のおかげで本書を世に送り出すことができました。心から感謝いたします。

劉霞と最後に電話で話せたのは、二〇一〇年九月ごろで、彼女は「贈ってくれた生八つ橋と宇野千代の桜のハンカチ、ありがとう。大好きよ。東京、京都、奈良に行きたいわ」と言いました。私は「東京なら（及川）淳子さんにお任せして、京都など関西は私が案内するわよ」と答え、期待しました。

日本ならアメリカやヨーロッパほど遠くないから、毎月の劉暁波との面会にも支障がない。十一年間も首を長くして待つだけで独り寂しく過ごさねばならない彼女にとって、ほどよい距離だろう。こう考えたりもしました。

ところが、以後、彼女に電話をかけても繋がりません。気になって、数十回もかけましたが、ピピーと鳴ってから「ご使用ありがとうございます。どうぞ受話器を置いてください」などの音声が流れるだけで、まったく彼女の肉声を聞くことができなくなりました。

一日も早く本書を彼女に手渡したいです。

二〇一七年大晦日　冬の深まりゆくなかで

＊1：山本知子、加藤かおり訳『幻想の帝国―中国の声なき声―』駿河台出版社、二〇〇八年、六九頁。
＊2：ヨシフ・ブロツキー著、沼野充義訳『私人―ノーベル賞受賞講演―』群像社、一九九六年。
＊3：前掲『幻想の帝国―中国の声なき声―』六九頁。

やっと劉霞詩集が

田島安江

劉霞の詩を訳さなければ、と何年も思ってきたのになかなかチャンスがおとずれず、時間ばかりが過ぎていくことへの焦りがあった。そんな私の逡巡を後押ししてくれたのはまたしても、劉燕子さんからの一本の電話だった。自分も劉霞さんの詩を訳そうとしているところなので、一緒にやらないかと。しかし、劉燕子さんはすでに何冊もの著書を持つ学者であり、また詩人でもある。私には躊躇があったが、とにかく、一度お会いしましょうということで、十月二十七日、大阪まで出かけていった。会うのが初めてとは思えないぐらい、話が弾んだ。以来、翻訳は共同作業になった。

読み進めると、劉霞の詩は、劉暁波の詩に共鳴し、『牢屋の鼠』の詩群が耳許に響きはじめた。そして、わかったのだ。劉霞の詩は劉暁波にとって間違いなく毒薬であったのだと。しかも、じんわりと効いてくる毒薬。劉暁波の詩の根幹にあるものは「海は宇宙における最大の墓場」であったし、そこには常に死の概念が横たわっている。ということは、劉暁波の詩もまた、劉霞にとっては毒薬だということになる。詩を交換するという行為は、二人の間で交わされた「死への儀式」でもあったのだ。

世界的詩人であり、思想家だった（だったと書かなければならないことがなんとも悔しい）劉暁波を陰で支えた女性などというい方は彼女には似合わない。人はえてして、偉大な男とそれを陰で支える妻という構図を押し付けようとする。

だが、そうではない。彼らは常にお互いを求め合う愛の対象であり、骨の髄まで深く切り込み、お互いを支えあってきた同志であり、かけがえのない友でもあった。劉霞は劉暁波にとって、ときに母であり、姉である。いや、もしかしたら甘え上手な妹にもなりうる存在だった。

劉霞の詩を読んでいて、時に息が詰まりそうになることがある。それは、劉霞の体を吹き抜けていく風の存在によってであった。風は誰もとらえられない。また、別の時には窒息させ、溺れさせせようとする水のような存在だった。それは海であって海ではないのかもしれない。

彼女を襲う空虚と苦痛の息詰まる「かなしみ」を世界中の誰一人として、癒やせはしない。

ある日、劉霞の剃髪姿に胸を衝かれた。彼女は常に劉暁波と一体になろうとした。彼と同じだけの痛みを彼女も味わいたいと思ったのだ。

二人の詩を読んでいると、二人の会話が聞こえてくる。

劉霞は煙草に火をつけ、お茶を淹れ、劉暁波が座るはずの席の前のテーブルに置く。それから独り煙草を吸い、お茶を飲み、時にお酒を呑む。そうしながら、不在者である劉暁波に話しかける。魂のありどころに届くように。

時に伝えられる劉霞の状況は深刻さを増していった。軟禁状態に置かれているということはどんなことなのか。劉暁波の詩によると、世界中のマスコミの取材の禁止から始まり、訪ねてくる人のチェック、電話の盗聴と遮断、メールも消され、孤立状態に陥らせる。

そして、何よりも、劉暁波は自らの死によって、劉霞の解放を望んだはずなのに、それをこそ、何より望んだはずなのに、それもかなえられない。なんという理不尽だろう。

私は、劉霞の魂が少しずつ死んでいくのではないかと恐れる。

あの「醜い子供」の人形のように。少しずつ毒薬が効いてきたりしていないか、と。

二〇一八年一月二日

■著者

劉霞 （リュウ・シア／ Liu Xia）

1961 年 4 月 1 日、北京に生まれる。詩人、画家、写真家。
早くも 1980 年代半ばに中国の代表的な文芸誌「詩刊」、「人民文学」、「中国」などで詩と小説を発表。1989 年、「六・四」天安門事件事件の後、いかなる官製文芸誌にも寄稿を拒否し、詩人は「私人」であるとサボタージュ。詩集に『劉暁波劉霞詩選』（夏非爾国際出版公司）、『劉霞詩選』（傾向出版社）、日本語では写真集『沈黙の力』（フォイル）がある。
2010 年、夫・劉暁波のノーベル平和賞授賞式への代理出席は叶わず、事実上、長期にわたる軟禁生活を強いられている。鬱状態に加えて心疾患も危惧され、国際社会は彼女の自由を訴えている。

■訳・編者

劉燕子（リュウ・イェンズ／ Liu YanZi）

作家、現代中国文学者。北京に生まれ、湖南省長沙で育つ。大学で教鞭を執りつつ日中バイリンガルで著述・翻訳。日本語の編著訳書に『黄翔の詩と詩想』（思潮社）、『中国低層訪談録－インタビューどん底の世界－』（集広舎）、『殺劫―チベットの文化大革命』(共訳、集広舎)、『天安門事件から「〇八憲章」へ』（共著、藤原書店）、『「私には敵はいない」の思想』（共著、藤原書店）、『チベットの秘密』（編著訳、集広舎）、『人間の条件 1942』（集広舎）、『劉暁波伝』（集広舎）。論文には「社会暴力の動因と大虐殺の実相」（「思想」2016 年 1 月号―特集・過ぎ去らぬ文化大革命・50 年後の省察―岩波書店）、「劉暁波・劉霞往復書簡―魂が何でできていようとも、彼と私のは同じ」「三田文學」2017 年秋季号など、中国語の著訳書に『這条河、流過誰的前生与后生？』、『没有墓碑的草原』など多数。

田島安江（たじま・やすえ）

1945 年大分県生まれ。福岡市在住。株式会社書肆侃侃房代表取締役。
既刊詩集『金ピカの鍋で雲を煮る』（1985）
　　　　『水の家』（1992）
　　　　『博多湾に霧の出る日は、』（2002）
　　　　『トカゲの人』（2006）
　　　　『遠いサバンナ』（2013）
共編訳　劉暁波詩集『牢屋の鼠』（2014）
　　　　都鍾煥詩集『満ち潮の時間』（2017）
　　　　劉暁波第二詩集『独り大海原に向かって』（2018）

詩集　**毒薬**

2018年3月2日　第1刷発行

著　　者　劉霞
訳・編者　劉燕子・田島安江
発 行 者　田島安江
発 行 所　株式会社 書肆侃侃房（しょしかんかんぼう）
〒810-0041
福岡市中央区大名 2-8-18-501
TEL 092-735-2802　FAX 092-735-2792
http://www.kankanbou.com
info@kankanbou.com
カバー写真　アフロ
装　幀　江副哲哉（あおいろデザイン）
ＤＴＰ　黒木留実
印刷・製本　株式会社西日本新聞印刷

ISBN978-4-86385-295-2 C0098